Aluna submissa

Coleção Dominação Erótica

Erika Sanders

ERIKA SANDERS

Aluna submissa

Erika Sanders
Serie
Coleção Dominação Erótica

Sinopse

Aluna submissa é um romance com forte conteúdo erótico de BDSM e, por sua vez, um novo romance pertencente à coleção Erotic Domination, uma série de romances com alto conteúdo de BDSM romântico e erótico.

(Todos os personagens têm 18 anos ou mais)

Nota sobre a autora:

Erika Sanders é uma escritora conhecida internacionalmente, traduzida para mais de vinte línguas, que assina os seus escritos mais eróticos, longe da sua prosa habitual, com o seu nome de solteira.

Indice

ALUNA SUBMISSA
ERIKA SANDERS

CAPÍTULO 1

"Sua primeira tarefa pode ser baseada em várias peças da literatura, mas tenha em mente que é crucial focar nos temas, motivos e atitude cultural subjacentes das obras."

A voz do professor Geoffrey Johnson soou por toda a sala.

Com olhos verdes escuros, cabelo castanho e um corpo esguio de cerca de um metro e oitenta, ele exalava charme, autoridade e confiança.

Ele exibiu os vinte alunos em sua classe de Exploração de Culturas Históricas de Graduação.

Todos pareciam estar ouvindo com atenção, obviamente levando isso muito a sério como o assunto de seu curso.

Eles esperavam muito dele, é claro.

Apesar de ser seu primeiro ano como professor, aos 28 anos, ele foi um dos membros mais jovens do corpo docente, tendo rapidamente adquirido a reputação de ser um professor duro com um currículo rigoroso.

Na verdade, muitos alunos haviam sido recusados ou estavam em lista de espera para fazer o curso neste semestre.

"Por exemplo, você poderia escolher algo clássico como A Odisséia ou se afastar dos confins da parafernália litúrgica e criar algo mais ... envolvente; mas duvido que algum de vocês vá me impressionar da primeira vez", continuou ele.

Seus olhos caíram sobre uma garota de cabelo preto na segunda fila, que estava olhando para ele com olhos cinza-claros e elegantes óculos de aro preto.

Ela tinha uma expressão preocupada no rosto com uma ligeira carranca e lindos lábios rosados.

"Algo está errado, senhorita ...", ele olhou para sua lista de "Sanchez?"

Ela respondeu.

"Umm ... Não. Jeannie, por favor. A maioria das pessoas me chama de Jeanny."

"Eu não sou a maioria das pessoas, Srta. Sanchez. Mas você logo descobrirá. Agora, como eu estava dizendo ...,"

Mas Jeannie havia parado de ouvir.

Era seu primeiro ano como estudante de graduação e, aos vinte e dois, finalmente conseguiu viajar para longe o suficiente de casa e da família para ter alguma aparência de liberdade e independência.

Ela esperava por experiências de faculdade e uma vida emocionante por tanto tempo que encontrar professores arrogantes e atraentes em sua lista de desejos foi uma surpresa.

Espere, sexy?

Ela balançou a cabeça, tentando limpar sua mente.

O que você quis dizer com 'Não sou a maioria das pessoas'?

Ela precisava conversar com ele sobre essa tarefa, mas suas maneiras durante a aula apenas a intimidaram e provocaram ao mesmo tempo.

Vagamente, ele ouviu o barulho de papéis e pessoas saindo da sala.

Saindo de seu devaneio, ela pegou suas coisas e saiu.

Com o canto do olho, Geof, como era conhecido por amigos íntimos e familiares, viu Jeannie sair.

Vestida com um suéter de colarinho amarelo, saia preta e leggings, ela era uma imagem muito atraente.

Ela tinha curvas em todos os lugares certos e seu suéter sugeria seios grandes e redondos que ela adoraria tocar, acariciar e chupar.

Se apenas...

Ela era uma estudante pelo amor de Deus!

Ela passou por ele, uma leve cor em suas bochechas e ele se perguntou ...

"Senhorita Sanchez", sua voz saiu através dos confins da sala vazia.

Ela se virou, olhando para ele com expectativa.

"Parecia que você tinha algumas preocupações em relação ao dever de casa. Passe no meu escritório amanhã, por favor, para discutir."

Antes que ela pudesse responder, ele saiu, roçando levemente seu ombro.

O toque foi elétrico.

Ele a ouviu suspirar baixinho, parou por um milissegundo e, sem olhar para trás, continuou andando.

Ele tinha acabado de mandá-la para seu escritório?

Jeannie não sabia o que fazer com isso.

Como você sabia que ela tinha um problema urgente com o trabalho que lhe fora atribuído?

Mais do que isso, ele sentiu a eletricidade crepitante?

Ele era professor!

Você não deveria pensar assim!

Mas por que ele não conseguia deixar de olhar para seus ombros largos se afastando?

CAPÍTULO 2

Ele ouviu a batida suave e hesitante na porta.

OK.

Ela estava confusa.

Ele podia sentir isso.

"Entre," ele entoou.

Ele não sabia como tinha certeza de que ela era a única na porta, mas ele fez.

Ela deslizou para dentro, fechando silenciosamente a porta atrás dela.

"Olá professor," ele cumprimentou nervosamente.

Seus olhos a encontraram.

Seu cabelo estava ligeiramente repartido ao redor dos ombros, e ela estava vestida com botas bege, um vestido suéter verde esmeralda e meias.

A uma indicação dele, ela se sentou na cadeira em frente a sua mesa.

Ele pigarreou.

"Então, Jean. Como posso ajudá-la?"

Ela começou.

"Me ajudar? Você me pediu para vir."

Jean? Ele era um homem bipolar? O que aconteceu com a Sra. Sánchez e 'Eu não sou como a maioria das pessoas'?

"Sim, porque pensei que você tinha perguntas sobre o dever de casa ..."

"Bem, sim. Mas ... como você sabe? ..."

Ele simplesmente ergueu as sobrancelhas.

"Não importa, eu acho," ela continuou apressadamente. "Tenho problemas com o prazo. Entendo que você queira que termine na sexta-feira da próxima semana, mas tenho problemas pessoais urgentes que eles não me permitem apresentar a tempo. Esperava que me concedesse uma prorrogação. Em troca, poderia escrever um documento mais ou talvez explorar dois empregos ou outra coisa que justifique a extensão de tempo. "

Seu peito arfava enquanto ele brincava com a pulseira em seu pulso, um gesto nervoso, sem dúvida.

Ele observou tudo de uma maneira casual, mantendo uma expressão impassível o tempo todo.

O que este homem estava pensando?

"Isso é pedir muito para a primeira semana do semestre, Jean."

Lá estava ele novamente, aquela forte ênfase em uma versão curta de seu nome.

Ninguém a chamava de Jean.

Jeanny, sim, mas ele já havia rejeitado aquele apelido.

Ela prendeu a respiração. Ela realmente precisava dessa extensão.

"Ok, vou dar a você a extensão, mas com uma condição. Não quero que você baseie seu ensaio em algo clássico. Concentre-se em um tópico ou tópico mais diferente, menos convencional, mais poderoso, talvez até ..." Ele parou.

"Mesmo?" Ela perguntou, sua respiração pesada.

Havia algo na intensidade de sua voz, a paixão subjacente em seus olhos, o entusiasmo vítreo em sua postura que fez seus dedos se dobrarem.

Isso a fez pensar que ele estava falando sobre algo mais do que um trabalho.

"... com força erótica", suas palavras flutuaram no ar, seus olhos fixos nos dela.

"Como é isso?"

"Você realmente quer que eu te mostre, Jean?"

Silenciosamente, ela assentiu.

"Você pode manter isso em segredo, Jean? Eu posso te mostrar a diferença, o poder, o mistério, a intriga e, acima de tudo, você mesmo. Mas, para isso, você terá que manter um segredo."

Ela o encarou com os olhos arregalados enquanto ele contornava a mesa, aproximando-se dela devagar, com cuidado, predatório.

Ele parou atrás de sua cadeira e se inclinou até que sua boca estivesse a uma polegada de sua orelha.

Arrepios apareceram em seu corpo quando ela inalou sua colônia incrivelmente deliciosa.

Ela cheirou uma mistura de homem e almíscar e irradiou um calor selvagem que a surpreendeu.

"Você pode guardar um segredo, mocinha?"

Ela inspirou, enquanto o ar quente fazia cócegas em seu pescoço.

Ela se virou e olhou em seus olhos verdes líquidos, e mais uma vez assentiu em silêncio.

"Tem certeza? Esta é a última vez que vou perguntar a ele, Jean, e então não haverá mais volta. Isso NÃO vai ser mais um tópico de discussão", ele perguntou, acariciando levemente sua garganta.

Ele ouviu um gemido baixo e sorriu.

"Mostre-me, professor Johnson", ela sussurrou.

"Somos amigos agora, certo? Você pode me chamar de Geof", disse ele.

"Mostre-me, Geof", ele murmurou em voz mais alta.

Esse foi todo o convite de que ele precisava.

Ele começou a massagear levemente seus ombros, sentindo os nós tensos em suas costas.

"Feche os olhos, Jean. Sinta meu toque. Sinta meus dedos acariciando seus ombros, minha respiração contra sua pele, minha voz em sua mente", ele murmurou.

Suas mãos deslizaram lentamente a alça do vestido de um ombro, as mãos deslizando ao longo de sua pele lisa.

Sentada quieta, ela sentiu o calor líquido se desenvolvendo entre suas pernas.

Ela não sabia como ou por que isso tinha acontecido, mas Deus, ela não queria que ele parasse.

As mãos dele continuaram a deslizar pelo braço até o cotovelo e depois subiram novamente.

Lentamente, ele deslizou a mão da clavícula até os seios, passou por baixo do vestido e acariciou a parte superior do seio direito.

Ela se encolheu em antecipação, seus mamilos já esticados tensos, prestando atenção.

O homem mal a tocou e ela já estava uma bagunça tremendo.

Centímetro por centímetro, sedutor, agonizante, sua mão se moveu para baixo e sob o tecido de seu sutiã.

Sua outra mão continuou a massagear seu ombro ainda coberto.

"Sinta isso, Jean", ele respirou novamente, mais perto de seu ouvido desta vez, enviando um choque elétrico por sua espinha.

Ela sentiu os dedos dele envolverem seu seio direito e ela podia senti-lo se aproximar de seu mamilo.

Mas ele apenas a acariciou, circulando suavemente seu mamilo, sem tocá-lo.

Ele a estava deixando louca.

"Oh, por favor!" ela gemeu.

"Shh ... mocinha. Paciência."

Ele continuou seu jogo gentil, aumentando seu frenesi.

De repente, ele beijou seu pescoço e apertou seu mamilo com força ao mesmo tempo.

Ela quase estremeceu no orgasmo com o toque, gemendo e gemendo enquanto ele apertava e beliscava o pequeno casulo.

"Oh, você é tão linda Jean. Tão linda, ansiosa e exposta assim."

Ainda de pé atrás dela, ele virou a cabeça e fechou a boca sobre a dela.

Sua boca tinha gosto de baunilha e especiarias e seu perfume único o fez perder o controle.

Seus lábios macios cederam e sua língua invadiu sua boca com uma ferocidade que ela nunca tinha conhecido antes.

Ele precisava tê-la, à sua maneira, e logo.

A visão de seu peito redondo amontoado em sua mão, embora coberto por roupas, suas respostas excessivamente dispostas e seus suspiros inocentemente vulneráveis o deixaram louco.

Sem parar o beijo, ele a forçou a se levantar e a apertou contra si mesmo, tomando sua boca com uma paixão cega que ele não esperava.

Ela reagiu em conjunto, passando as mãos pelos cabelos, chegando mais perto, respirando com dificuldade e se deliciando enquanto suas mãos corriam por suas costas e nádegas.

Suas mãos correram por suas coxas cobertas, até os joelhos e lentamente de volta.

Ele continuou subindo pela perna dela, parando apenas ligeiramente enquanto tocava a pele nua de suas meias.

Ele continuou a subir, ainda beijando-a, de costas para a mesa com o corpo dela contra o dele.

Ele mudou sua calcinha para cima, subindo pela parte plana de seu estômago, e alcançou o zíper frontal de seu sutiã de renda vermelha.

Habilmente, ele o desabotoou, deixando seus seios se soltarem.

"Sem alças, Srta. Sanchez? Eu aprovo," ela disse apreciativamente enquanto puxava o sutiã de debaixo do vestido. "Acho que vou manter isso comigo."

Ele trouxe sua boca para a dela enquanto ela ofegava para respirar, gemendo e gemendo enquanto suas mãos percorriam seus seios, amassando e acariciando-os com beliscões enlouquecedores contínuos contra seus mamilos.

Suas mãos percorreram suas costas e seus quadris descansaram contra sua ereção crescente.

Ela amava aquele homem e não se importava com seu desejo particular de esperar um pouco mais pelo namorado.

O que ele não sabia não o machucaria.

Ela o sentiu deslizar as mãos para baixo e suas mãos se moverem nos cachos macios escondidos em sua calcinha.

Suas mãos continuaram se movendo, apesar da maneira como ela ficou tensa, o que ela sabia que ele deve ter sentido.

Com cuidado, sensualidade e adoração enquanto ia, ele separou os lábios e deslizou um dedo por sua boceta molhada.

Ela quase teve uma convulsão com seu toque.

Ele manteve um movimento rítmico, movendo o dedo para cima e para baixo e então focando em seu clitóris.

Ele esfregou o pequeno botão em movimentos circulares, imitando o movimento com a língua enquanto a beijava.

Ela gemeu, mas ele não parou.

Implacavelmente, ele se concentrou em seu clitóris e ela se pressionou contra ele.

"Oh, por favor, oh, por favor. Geof, oh Deus, Geof", ela gritou.

"Isso mesmo, dê para mim, Jean, dê-se para mim. Mostre que você está pronto."

"Oh, Geof, por favor, oh oh oh ..." Ele continuou a esfregando-a, e apenas quando ele podia sentir sua liberação, ele deslizou um longo dedo dentro dela, lentamente a fodendo enquanto ela gozava. "Oh, ah, Deus, Geof, oh, algo está acontecendo ..." e ela explodiu em seus dedos.

Ele sentiu sua vagina apertar em seus dedos, sentiu seu clitóris endurecer ainda mais e se deleitou com os movimentos orgásticos de seu corpo.

"Tudo bem, Jean. Pegue para mim. Olha o que eu posso fazer você fazer", ele rosnou, baixo, em seu ouvido.

Ainda se recuperando dos tremores de seu primeiro orgasmo, ela estava brilhando de suor e murmurou timidamente:

"Eu nunca fiz isso antes Geof, foi ..." ele parou, um olhar de pura felicidade, surpresa e paz em seu rosto.

"O quê? Você é virgem?" Ele perguntou furiosamente, enquanto deslizava os dedos, alisava o vestido dela e a encarava. "Você sabe no que está se metendo, Jean? Ai, meu Deus, pensar no que eu havia planejado para você, sem que você tivesse feito isso antes!"

"O quê? O que há de errado? Eu posso fazer isso Geof, eu quero que você me mostre mais. Esta foi a melhor coisa que já me aconteceu." Ela se aproximou. "Mostre-me a diferença, Geof. Mostre-me a intriga, o mistério ... eu mesmo."

Ele sorriu ao ouvir suas próprias palavras retornando de sua boca.

"Tudo bem. Encontre-me na minha casa hoje à noite às oito. Não se atrase. Não se troque, comporte-se, e considerarei devolver o sutiã esta noite."

"Espere o quê? Já terminamos? Você não vai ... sabe?" ela murmurou timidamente.

- Vai o quê, Srta. Sanchez? Foda-se? Tudo a seu tempo, moça. Vejo você esta noite.

Ele piscou para ela, deu-lhe um último beijo e foi para trás de sua mesa.

Ainda atordoada, ela juntou suas coisas e se dirigiu para a porta.

"A propósito, Srta. Sanchez", ele gritou, "você ainda terá que me enviar aquele papel dentro de sua extensão."

CAPÍTULO 3

Ele olhou pelas cortinas da janela quando viu o carro estacionar na garagem.

Sua virgindade complicou as coisas, mas não muito.

Afinal, ela havia pedido por isso.

Além disso, ele não conseguia imaginar tê-la de outra maneira.

Ele precisava dela para dominá-la.

Ela definitivamente era o tipo dele.

Sua expectativa aumentou quando a viu caminhar em direção à porta.

20h em ponto.

Bem, ele gostava de mulheres pontuais, e gostava especialmente de Jean pontuais.

Ele se aproximou e abriu a porta.

"Oi Jean. Muito tempo sem ver", ele sorriu, quando ela cruzou a soleira.

Ele podia ver seus mamilos eretos e o contorno de seus seios sem sutiã contra o vestido de suéter esmeralda da tarde.

Ele olhou para ela sem vergonha, com apreciação.

Ela se contorceu sob seu olhar franco.

"Eu usei este vestido porque me lembrava dos seus olhos, você sabe," ela disse baixinho, um sorriso tímido no rosto.

Ele sufocou seu espanto, surpreso com a pura honestidade de sua confissão.

"Oh Jean"

Ele puxou sua mão, puxou-a para perto, tocando levemente seus lábios nos dela.

"Eu queria você desde que te vi naquela aula. Venha."

Fechando a porta, ele a conduziu para dentro.

A casa era linda, mas ela estava muito distraída para notar tais detalhes.

As memórias da tarde a mantiveram nervosa o dia todo e ela estava ansiosa por mais.

Ele a beijou com fervor então, ainda mais apaixonadamente do que antes, se possível.

"Quero mostrar-lhe mais, Jean. Mais do que o que aconteceu esta tarde. Embora esta seja sua primeira vez, vou lhe mostrar que sou seu dono. Que você venha só está em meu poder."

Sua voz era hipnótica.

Ela foi pega em seu feitiço.

Suas palavras tinham um tom perigoso para si mesmas, mas ela o ignorou.

Aquilo a tocou, e ela teve a sensação de que ele significava mais do que sexo lascivo.

"Você será minha. Uma e outra vez. Desamparado, disposto ou amarrado, você vai me deixar fazer o que eu quiser com você, quando eu quiser, como eu quiser e onde eu quiser. Você entende, moça?" Ele rosnou contra seus lábios, puxando-a levemente. sua cabeça para trás com seu cabelo.

"Sim, senhor. Sim!"

Senhor?

De onde veio isso?

Suas palavras deveriam tê-la assustado, mas sua voz a excitou ainda mais.

Ela queria ser dele, como ele a queria, ela queria se entregar a ele.

Como ela estava em seu escritório.

Ela não tinha vergonha disso, ela confiava nele.

"Bom. Por aqui."

Ele a conduziu a um quarto com uma cama grande e uma cadeira de balanço no canto.

Ele pegou um controle remoto, começou uma melodia instrumental sensual que ela não reconheceu e diminuiu as luzes.

Ele se acomodou na cadeira de balanço e gesticulou para que ela seguisse em frente.

"Fique na frente da minha garotinha. Tire a roupa."

Ela olhou para ele com surpresa.

Ele olhou de volta.

Seus lábios endureceram.

"Eu disse, vamos. Agora. Devagar."

Parecia diferente agora.

Seus olhos endureceram, mas ela ainda podia sentir a paixão ardente por baixo.

Lentamente, ela tirou as botas e as chutou para o lado.

Ela se virou, inclinou-se e gradualmente deslizou uma meia e depois a outra pelas coxas.

Ela sentiu seu olhar quente sobre ela e se deleitou com a sensação.

Excluindo que este homem estava olhando para ela, tudo parecia muito natural.

Quando ela se virou, ele viu que seus olhos estavam tendo prazer em como seus quadris balançavam sensualmente por conta própria.

Ele a transformou em uma criatura sexual e ela saboreou seu olhar.

Lentamente, ela começou a tirar o vestido, oferecendo-lhe apenas a calcinha para ele olhar.

Ele agora estava com o sutiã da tarde nas mãos.

Ele se levantou e caminhou até ela, puxou-a para perto e beijou-a novamente, segurando seu pescoço levemente, sem tocá-la em nenhum outro lugar.

Ele pegou um curativo com a outra mão, encarando os confiantes olhos cinzentos dela, e amarrou-o no rosto.

Ela gemeu de surpresa, mas por outro lado não fez nenhum outro movimento.

Ele se moveu atrás dela e habilmente algemado seus pulsos com algemas de couro.

Ele ergueu os braços acima da cabeça e o prendeu a uma pulseira colada no teto.

Ele a amarrou com os seios estendidos, prontos para serem tomados.

Ele a circulou lentamente, notando a velocidade de sua respiração.

"Senhor?" Ela perguntou.

Ele não respondeu, mas pegou uma pena e lentamente começou a correr para cima e para baixo em seu torso.

Ela estremeceu.

Ele a acariciou contra seus macios e eretos mamilos, resistindo ao desejo de fodê-la agora.

Ela balançou de um lado para o outro e ele observou a umidade deslizar por suas pernas, a calcinha claramente encharcada.

"Oh, você deve ser um grande comedor de galo, certo Jean?" ele murmurou enquanto continuava seu enlouquecedor mexer na pena. "Eu posso ver como você quer o meu. Eu posso dizer que você mal consegue se conter para comê-lo."

Ele se aproximou e de repente deu um tapa forte na bunda dela com a mão.

Ela gritou, claramente surpresa e ele gostou da visão de sua nádega rosa sob a calcinha.

"Você gostou disso Jean? Vejo que seu corpo gostou. Olha como você está encharcado."

Ele a abraçou por trás, deixando seu traseiro dolorido sentir sua ereção dura, através da aspereza de sua calça jeans, sua pele agora ainda mais sensível.

Seus braços a envolveram e ele beliscou seus mamilos, provocando gemidos implacáveis de prazer dela.

"Tudo bem, meu comedor de pau. Eu já acho que você pode saber que posso fazer você gozar apenas tocando seus mamilos. Mas você já teve seu gozo hoje", disse ela, enquanto continuava a massagear, apertar e puxar. seus mamilos duros.

"Mmmmm, oh Geof, oh mmm"

"Você nem tem palavras, não é, minha putinha? Tudo bem. Você é minha putinha agora. Posso fazer o que eu quiser", disse ele, dando um tapa na outra nádega com força.

"Aargh!"

"Você vai fazer o que quiser, como quiser e quando quiser, entende, putinha?"

WHAM! Outra surra.

"Você vem quando eu te disser e não antes, entendeu?"

WHAM! Outra surra forte.

"Aargh! Sim, senhor! Sim! Eu sou sua pequena puta, senhor. Farei o que você disser."

"Bom," ele murmurou e caminhou na frente dela.

Ele lentamente tomou um mamilo em sua boca, sugando e mordendo, e movendo sua língua sobre a ponta sensível enquanto tocava e acariciava o outro.

Ele podia sentir que ela se oferecia avidamente a ele, empurrando os seios em direção ao rosto dele.

Ele manteve o ritmo, prestando atenção em um peito, depois no outro e, de repente, caiu de joelhos.

Antes que ela soubesse o que estava acontecendo, ele tinha rasgado sua calcinha, e sua língua estava sobre ela, sugando e lambendo seu clitóris, envolvendo-a em sensações de êxtase tão requintado que ela não sabia quanto tempo mais poderia segurar.

Ele a segurou com força, massageando sua bunda enquanto a comia, chupando e brincando com seu clitóris, esfregando o casulo de um lado para outro com gotas ocasionais em sua boceta molhada.

Ela sentiu a tensão da espiral aumentar dentro dela, mais forte do que à tarde e tensa, e quando ela estava prestes a explodir, ele parou.

"Oh Deus, não! Por favor, Geof, senhor, por favor, deixe-me ir!"

"O que eu disse a você antes de sua putinha? Você só virá quando eu disser. Você iria vir sem perguntar primeiro, se pudesse, certo?" Ele disse ameaçadoramente.

Antes que ela pudesse responder, ele soltou suas algemas do teto, arrastou-a para a cama, virou-a de lado e inclinou-a do outro lado.

Agora ele a amarrou na cama, com as pernas estendidas para o chão e os tornozelos colados nas bordas da cama também.

Ela sentiu as mãos dele em suas costas enquanto ele subia por sua bunda.

Ela estava tremendo de ansiedade.

OUTRA PALMADA!

"Eu disse para você não vir antes de sua vadia. Lembre-se disso."

"Seu."

WHAM! PALMADA!

"Tu es."

WHAM! PALMADA!

"Eu."

WHAM! PALMADA!

"Pequeno."

WHAM! PALMADA!

"Cadela."

WHAM! OUTRA PALMADA!

"Você entende, Jean? Quem é você?"

WHAM! PALMADA.

"Eu sou seu senhor!" Ela gritou enquanto se retorcia, estranhamente excitada por seu ataque. "Eu sou sua puta e vadia suja; por favor, me fode, senhor, por favor!"

Ele sorriu em resposta.

"Boa vadia."

Ele rapidamente se despiu e encontrou as dobras suaves de sua vagina com os dedos.

Ele gentilmente inseriu um dedo, depois dois, esticando-a, enchendo-a, preparando-a para o que estava por vir.

Ele massageou suas nádegas ao fazê-lo, combinando seu ritmo dentro dela com o dela.

Ele puxou seus dedos e esfregou seu dedo médio contra seu clitóris enquanto colocava seu grande e duro pênis na entrada de sua vagina trêmula.

"Eu vou te levar agora, vadia, e mesmo que seja sua primeira vez, eu vou fazer isso agora."

Ela só podia gemer e estremecer em resposta, seu corpo já estava tenso e ela queria desfrutar mais de seus orgasmos e palmadas hedonísticas.

Sem aviso, ele de repente se lançou sobre ela, rompendo suas barreiras internas.

Ela gritou alto, talvez de dor, mas ele começou a se mover, duro, rápido e implacável, e ela o alcançou.

Ele a pegou ainda mais forte então, batendo nela, suas bolas batendo em sua bunda e coxas enquanto ele se enterrava até a base de seu pênis nela.

"Isso mesmo, vadia. Esse é o meu pau dentro de você, levando você, enchendo você, marcando você. Você é minha."

Ele a empurrava mais e mais rápido com cada frase, agarrando seus quadris com uma paixão tão forte que suas mãos deixaram impressões digitais em sua pele enquanto ele se movia.

"Oh Deus, sim senhor, oh sim, sim, sim senhor, faça-me seu!" ela gemeu entre os dentes.

Ele podia sentir sua tensão, ele podia sentir que ela estava pronta para se libertar, e ele também.

"Venha agora vadia, venha agora!" Ele rosnou, quando atingiu o clímax com uma força que ela nunca experimentou e descarregou tudo sobre ela.

"Isso mesmo, vadia, venha agora!" ele sibilou, assim que ela se apertou em torno dele e o cercou, gritando seu nome nas folhas, abafado e misturado com a música persistente ...

FIM

AUMENTO DE SALÁRIO
ERIKA SANDERS

Anita bateu na porta como se não quisesse arrombá-la.

Isso não fazia sentido, já que ela era a única pessoa que restava na loja de donuts.

Ela e a pessoa do outro lado da porta, é isso.

"Vá em frente", a voz dessa pessoa soou.

Anita abriu a porta e entrou, fechando-a atrás dela.

O clique da fechadura quando ele a apertou com a maçaneta da porta parecia ensurdecedor no escritório silencioso.

Eric Galvez ergueu os olhos da papelada em cima da mesa.

Ele olhou para Anita, uma morena mexicana bonita que usava o uniforme escolar da loja, uma camisa branca abotoada e uma saia xadrez curta, segurando uma sacola de donuts.

Ela tinha um corpo impecável e cabelos castanhos grossos e em camadas que caíam abaixo dos ombros.

"Olá Anita", disse Eric.

O gerente da loja, casado, com dois filhos e na casa dos quarenta, largou a caneta e sorriu.

"Olá. Desculpe se interrompi alguma coisa", disse ela timidamente.

"Claro que não", Eric assegurou. "Sente-se".

O pequeno escritório do gerente consistia em um sofá, duas cadeiras, uma mesa e armários.

Eric viu Anita caminhar em sua direção, sua saia balançando de um lado para o outro.

Ela se sentou na cadeira em frente à mesa de Eric, cruzou as pernas longas e deixou a saia alcançar as coxas.

Ele colocou a bolsa no chão ao lado dela.

"O que está acontecendo?", Perguntou o gerente.

Anita hesitou, respirou fundo e lentamente passou os dedos de uma mão sobre a parte superior da perna, da parte inferior da saia até o joelho.

"Estou pensando em mudar do quarto alugado para o apartamento", disse ele.

Ela era uma aluna do terceiro ano de uma universidade local, trabalhando em vários empregos em locais cujas horas não interferiam em suas aulas.

"Ótimo", Eric disse entusiasmado, depois parou. "E você precisa de mais dinheiro? Um aumento?"

Anita olhou timidamente para ele, antes que um olhar mais sério aparecesse em seu rosto.

"Não acredito no quanto eles pedem para alugar. E o adiantamento é ... ", ele começou a dizer.

"Eu sei", Eric interrompeu.

Ele olhou para ela por um momento.

Ela trabalhava para ele há quase um ano, pedindo um aumento outra vez.

Nesse caso, ela havia usado seu corpo para "influenciar" sua decisão.

Na verdade, ele queria outro pedido dela desde então.

Eric olhou para a sacola de rosca ao lado dele.

"Você leva alguns donuts para casa?" Ele perguntou.

Os olhos de Anita caíram na bolsa e retornaram ao seu chefe.

"Não. É para você ... para nós", respondeu ela.

Eric não precisava mais de explicações adicionais.

Ele também trouxe uma sacola da última vez.

E desta vez ele sabia o que fazer.

Ele se levantou e deu a volta na mesa, passando por trás da cadeira de Anita.

Ela observou seu corpo atlético até que ele desapareceu atrás dela.

Um calafrio percorreu sua espinha em antecipação.

"Então, você me trouxe uma rosquinha", Eric disse suavemente. "E você gostaria de compartilhar."

Anita assentiu em silêncio.

Eric olhou para a jovem mulher, a camisa desabotoada na parte superior e as pernas bronzeadas, estendendo-se sob a saia larga.

Suas mãos agarraram nervosamente as pontas dos braços na cadeira.

Eric colocou a mão no cabelo da garota e passou os dedos pelo pescoço dela.

Ele sentiu a pele quente sob a gola da camisa, depois moveu a mão para a frente do pescoço antes de se aproximar do botão superior.

Em um movimento ágil, ele desabotoou o botão; seguido pelo próximo.

A parte superior de seus seios apareceu, envolto em um fino sutiã azul.

Os dedos dele deslizaram sobre a pele macia de seu seio esquerdo, depois voltaram para o próximo botão.

Usando as duas mãos, envolvendo o pescoço em volta dele, ela abriu cada botão até chegar ao topo da saia.

Eric tirou a camisa da saia e abriu o último botão.

A camisa de Anita se abriu o suficiente para Eric ver a maioria de cada seio de cima.

Ele os observou subir e descer enquanto ela respirava pesadamente.

Un gancho central entre sus senos mantenía su sostén unido.

Não foi por acaso, Eric pensou consigo mesmo.

Ele se abaixou e desabotoou o sutiã, deixando as duas metades descansarem livremente nas extremidades de seus seios.

Anita ficou imóvel, olhando para as mãos de Eric ou pela frente.

Ela sabia que as coisas estavam prestes a mudar rapidamente.

Eric colocou as mãos em cima dos seios dela e os deixou cair até os dedos dele removerem o sutiã.

Ela segurou os seios marrons nus em suas mãos, segurando-os gentilmente por um momento.

Finalmente, ele colocou os mamilos de Anita entre os polegares e os indicadores e os beliscou delicadamente.

A jovem suspirou audivelmente.

Eric sentiu seu pau endurecer dentro dos limites de suas calças enquanto ele manipulava seus mamilos.

Eles endureceram sob o toque dele e Anita sentiu um ponto animado percorrer seu estômago até sua boceta.

Eric colocou as mãos em volta dos seios dela, mas mal conseguiu segurá-los.

Ele os pegou e os viu se acomodar em suas mãos.

Ela circulou a cadeira e ficou entre a mesa e Anita, olhando-a brevemente.

"Levante-se e tire sua camisa", disse ele em uma voz calma.

Anita descruzou as pernas e ficou a alguns centímetros de seu chefe.

Ele levantou a camisa sobre os ombros e a deixou cair na cadeira.

Sem parar, ela fez o mesmo com o sutiã.

Eric colocou as mãos na parte externa das coxas de Anita e ergueu as mãos até que desaparecessem sob sua saia.

Anita sentiu as mãos subirem por fora da calcinha e por baixo da bunda.

Então Eric moveu as mãos para a cintura dela e agarrou a tira de sua calcinha.

Lentamente, ele os abaixou, ajoelhando-se enquanto passavam por cima de seus joelhos e de pé.

Ele colocou a calcinha preta na cadeira e tirou os sapatos dela.

Depois de se levantar, ela olhou para a saia e disse: "Tire."

Anita desabotoou a saia e a deixou cair no chão, saindo e chutando-a para o lado.

Eric admirava sua cintura pequena, quadris e coxas,

pernas longas e pés pequenos.

Seus olhos voltaram para sua vagina e a pequena e fina mecha de cabelo escuro em seu clitóris.

Anita sentiu-se extraordinariamente sexy naquele momento, a umidade entre as pernas aumentando por segundos.

Ela queria o homem na sua frente nu e sabia que era inevitável.

"Tire minha roupa", ele disse a ela.

Ele teve que desacelerar deliberadamente seus movimentos para não revelar seu desejo.

No entanto, Anita logo colocou a camisa de Eric sobre a cabeça, revelando uma parte superior do corpo bem construída, se não muito musculosa.

Ela olhou para baixo e desafivelou o cinto, os olhos de Eric alternando entre seus seios e mãos.

Ela desabotoou as calças e as puxou para baixo até que caíssem sozinhas em suas panturrilhas.

Anita se ajoelhou e tirou os sapatos e as meias antes de tirar as calças e jogá-las de lado.

Ele aguardava ansiosamente a protuberância crescente em sua cueca, depois agarrou a cintura e puxou-a para baixo.

O pênis enorme de Eric era apenas semi-ereto, mas Anita sentiu uma onda de emoção fluir sobre ela quando tirou a boxer.

Ela se levantou e encarou o chefe.

Para alívio de Anita, ele fez o primeiro movimento, abraçando-a e puxando-a em sua direção.

Ele a beijou apaixonadamente, pressionando seu pênis contra o corpo dela e movendo as mãos para o traseiro dela.

Eric apertou suas bochechas macias quando as línguas deles encontraram seus lábios.

Anita sentiu que ele pressionava sua vagina contra seu corpo, sem saber se ela estava mais determinada a satisfazer a si mesma ou a Eric.

Seu beijo continuou enquanto ela passava a mão em torno de seu pênis, sentindo-o palpitar.

O pênis começou a apontar para cima e a garota repetidamente bombeava a mão para cima e para baixo do membro.

Quando o beijo terminou, Eric olhou para Anita e disse: "Minha esposa não faz isso comigo. Você é ótimo."

"Obrigado, estou feliz que você tenha gostado", ele sorriu.

"Estou com fome", disse Eric.

"Eu também".

Eles foram para o sofá.

Eric pegou a sacola de rosquinhas no caminho.

Ele encontrou tempo para assistir a pequena bunda redonda de Anita balançar com seus passos antes de se deitar no sofá, a cabeça em um pequeno travesseiro em uma extremidade.

Eric enfiou a mão na sacola e pegou um donut e uma pequena faca de plástico.

"Ah, recheios de creme de baunilha. Meus favoritos - ele disse. "Você gostaria de compartilhar?"

"Eu adoraria", respondeu Anita.

Eric se ajoelhou e colocou o donut coberto de chocolate no estômago liso da garota, cortando-o cuidadosamente ao meio com a faca.

Um calafrio percorreu o corpo de Anita quando a faca mal tocou sua pele.

Eric observou-o contrair quando a lâmina da faca reapareceu de dentro da rosquinha grossa, depois colocou a faca e metade da rosquinha em cima da sacola no chão.

Ele tirou a rosquinha da barriga dela e virou o centro cheio de creme para ela.

Metodologicamente, ele a abaixou até que o mamilo no peito direito estivesse diretamente sob o creme.

Com um golpe longo e suave, ela trouxe uma camada de creme de baunilha sobre o final do peito.

Anita fechou os olhos quando o estofamento frio cobriu o mamilo e a pele ao redor, enviando ondulações pelo corpo para o estômago e a vagina.

Eric moveu a rosquinha levemente para o lado e repetiu o processo, adicionando uma segunda fita de creme adjacente à primeira.

Finalmente, ela virou a rosquinha e esfregou a cobertura de chocolate na ponta do mamilo duro.

Eric colocou o donut na bolsa e olhou para Anita.

Ela estava assistindo atentamente, antecipando seu próximo passo e silenciosamente implorando para que ele a devorasse.

Eric balançou a cabeça sobre o peito dela e passou a língua sobre o mamilo, saboreando o chocolate doce.

Anita quase gemeu alto, mas se conteve e observou a língua de seu chefe se alongar para incluir uma polegada acima e abaixo do mamilo.

Ela engoliu uma vez antes de retornar ao seio, desta vez abrindo a boca e colocando o máximo de peito redondo e cheio da garota possível.

Sua língua coçou o mamilo várias vezes antes de seus lábios fecharem em torno da carne rosa e chuparem.

Dessa vez, Anita não conseguiu se conter.

"Oh, Deus", ele sussurrou.

Eric levantou a cabeça e lambeu o creme dos lábios.

Quando a boca dele pousou mais uma vez no peito de Anita, a mão dele estava pressionando o peito dela e ele lambeu com fome o resto do creme de baunilha da pele dela.

Sempre voltava para o mamilo.

Anita arqueou as costas, empurrando o peito mais alto.

Ela sentiu a umidade entre as pernas aumentar a cada passo da língua sobre o mamilo e tinha certeza de que ele poderia fazê-la gozar se a mantivesse assim.

Ele pegou a rosquinha novamente, desta vez espalhando o recheio branco e o chocolate sobre o peito esquerdo em maior número.

O creme cobria quase dois terços do peito, deixando Eric com um meio donut quase oco na mão.

Depois de colocar o donut de volta na bolsa, ela se inclinou sobre o corpo de Anita e meticulosamente expôs seu seio, uma lambida de cada vez.

A garota moveu a mão para o topo da cabeça de Eric e pressionou-a com mais força contra o peito.

Enquanto isso, a mão dele passou do quadril para entre as pernas, acariciando momentaneamente o clitóris enterrado sob uma mecha de cabelo castanho escuro cuidadosamente cortado.

"Oh Jesus", ele disse calmamente. "Isso é tão bom."

Com apenas uma pequena quantidade de creme de baunilha no peito, Eric subiu no sofá, colocando as pernas entre as dele.

Seu pênis estava totalmente ereto agora, apontando para cima em um ângulo agudo.

Ele se inclinou para frente e colocou seu pau no peito coberto de creme, movendo-o de um lado para o outro até que ele tivesse uma pequena camada do recheio branco.

Anita usou a mão para direcionar o pênis para as áreas com mais creme.

Logo, era branco da cabeça rosa até a base.

Anita viu como Eric deslizou para a frente e levou seu pênis aos lábios.

Ansiosamente, ela abriu a boca e aceitou o presente.

O sabor açucarado do creme quase a fez esquecer seu amor pelo sabor de um pau quente e duro.

Sua língua trabalhou todos os lados do membro quando Eric deslizou dentro e fora de sua boca, fazendo-o gemer de prazer.

"Ummmm, Anita. Me chupa, me lambe assim - disse Eric. "Sim, sim. Assim."

A menina levou alguns minutos para tirar o último creme de seu pênis; chupando, lambendo e engolindo o mais rápido que pôde.

Quando acabou, Eric estava mais duro do que tinha estado antes e estava perto do clímax.

"Foda-se, Eric", Anita exclamou em voz alta. "Eu quero você em mim. Por favor."

Quando seu chefe saiu do sofá, Anita abriu as pernas e levantou os joelhos.

Quando ele teve seu pênis na entrada de sua vagina, sua mão estava em uma posição pronta para guiá-lo até ela.

Até ela ficou surpresa com o quão preparada estava para ele.

Assim que a cabeça do pênis inchado encontrou a abertura, Eric conseguiu abaixar-se até que suas coxas se encontraram em um tapinha suave.

"Deus sim. Foda-se - disse Anita.

Eric foi rápido em atender às demandas deles.

Ele a levantou e começou a deslizar seu pau dentro e fora, sentindo-a periodicamente contrair sua vagina.

Anita levantou as pernas e as envolveu delicadamente na cintura de Eric, permitindo que ele a levantasse ainda mais.

Os seios de Anita balançavam ritmicamente.

Ela beliscou seus mamilos ocasionalmente, enviando o que pareciam correntes elétricas diretamente em sua vagina.

Enquanto isso, Eric se reposicionou para que uma mão livre pudesse massagear seu clitóris.

Ele encontrou a protuberância facilmente e esfregou-a.

A cabeça da garota começou a balançar de um lado para o outro e murmurando "Droga. Merda. Sim ali. Lá!"

Eric esfregou com mais força e sentiu seu corpo tenso.

As pernas dela o apertaram com força e ela gritou: "Ahhhh. Oh, Deus. Agora."

Seu orgasmo começou com outro gemido abafado e seus quadris se ergueram para encontrá-la.

Por pelo menos trinta segundos, Eric a penetrou uma e outra vez, enquanto ela gemia e gritava para ele transar com ela.

Eric queria que a sensação de sua boceta apertada em torno de seu pênis e seu corpo se contorcendo sob ele durasse para sempre.

Ele se agarrou ao seu traseiro enquanto ela lentamente começou a se acomodar no sofá.

Agora capaz de se concentrar em seu próprio corpo, Eric sentiu a primeira onda de esperma subir de suas bolas.

Anita sentiu o orgasmo se aproximando dele e pediu que ele continuasse.

"É isso. Vamos. Entre na minha boceta."

O pênis de Eric explodiu em uma inundação de esperma que Anita sentiu enchendo seu interior.

O fluido quente disparou em vários jatos, cada um acompanhado por um gemido alto.

Eric agarrou Anita pelos ombros e pressionou o corpo dela contra o dele.

Quando ela estava prestes a terminar e ficou parada com o pau dele profundamente dentro dela, Anita apertou sua boceta com força.

"Ahhh, caramba. Pare - Eric murmurou, quase sem fôlego e meio rindo.

Ele se sacudiu pela última vez e caiu dela, mole e totalmente drenado.

Ele estava nos braços dela, a cabeça no peito dela e as pernas ainda enroladas na cintura dela.

"Tudo o que você precisa fazer é pedir quando quiser", Eric disse suavemente, seu dedo traçando o contorno do mamilo.

"Eu estava com fome hoje", disse ela.

FIM

SITUAÇÃO INESPERADA
ERIKA SANDERS

47

Capítulo I

"Estarei esperando você no quarto, coloque algo revelador", dissera John.

Eles o tratavam como comida para viagem, Gina pensou quando a ligação terminou.

E foi assim que ela se sentiu agora, ao aplicar a maquiagem no espelho de maquilhagem: olhos sombreados, lábios vermelhos em forma de coração e maquiagem suficiente no rosto para não fazê-la parecer uma figura de museu de cera.

Mais alguma coisa que você queira, querida?

Satisfeita com o trabalho, ela andou descalça pelo tapete do quarto, vestida apenas com sutiã e calcinha e abriu o armário.

De uma prateleira acima de onde estavam suas roupas, ela pegou uma pequena caixa de dinheiro e a levou para a cama.

Quando ela abriu, muitas notas de dez e vinte caíram nos lençóis de seda.

Gina contou quatro entre vinte e manteve os outros dentro da caixa.

Ela colocou a caixa de volta no armário, guardou o dinheiro na bolsa e começou a se vestir.

John morava do outro lado da cidade em uma luxuosa moradia de cinco quartos perto do canal.

Ele levaria dez minutos para dirigir até lá, dependendo do trânsito da tarde.

Ele era um cliente relativamente novo que ele servira seis vezes até agora.

Ela odiava isso.

Ele era arrogante, rude e completamente pervertido.

Ele era descendente de italianos: cor de pele verde-oliva, nariz grande e cabelos pretos grossos por todo o lado.

John adorava comer e Gina achou que ele parecia uma mistura entre um gangster dos anos 40 e um porco com barriga de porco.

Ele se gabara de seus laços com o submundo do crime, mas Gina não tinha certeza de quanto do que ele dizia era verdade.

Ela pensou que ele estava apenas tentando impressioná-la.

Ela não conseguia entender por que os homens pensavam que isso era atraente para as meninas.

Gina odiava a violência e desligou um filme ao primeiro sinal de sangue ou violência.

Mas John estava definitivamente em algum tipo de negócio não confiável.

Ela tinha visto armas em sua casa.

Ela ouvira telefonemas acalorados durante o relacionamento sexual que John se recusava a ignorar.

Falando sobre dinheiro e drogas.

Ela encontrou homens odiosos como John: gananciosos, egoístas, desonestos e corruptos.

No entanto, ela precisava muito do dinheiro.

A vida de Gina estava cheia de dívidas.

Um curso universitário de ciências humanas, o mini Fiat, que levava a sua função de secretária todos os dias, comprando roupas, férias em Ibiza e um empréstimo que ela havia contratado para mobiliar seu apartamento.

Ela estava nadando em dívida, mas as empresas de empréstimo nunca a negaram.

E foi por isso que ela trabalhava como acompanhante particular no último ano.

Privado era a palavra-chave.

Ela não tinha publicidade on-line, com muito medo de que sua família ou amigos descobrissem seu segredo sórdido.

Caso contrário, ela confiava no boca a boca e em seus frequentadores, caras como John.

O primeiro homem que a pagou para fazer sexo com ela foi nomeado Peter.

Ela o conheceu em um site de namoro após seu rompimento com Adams, mas soube instantaneamente que não era para ela.

Não era o fato de ele estar na casa dos quarenta e quinze anos mais velho que ela.

Na verdade, essa foi a razão pela qual ela o conheceu, pensando que um homem mais velho poderia dar a ele o que Adams, um garoto de 24 anos, não poderia.

Compromisso, segurança, novas experiências sexuais, talvez.

Ela simplesmente não sentia conexão com Peter, e sabia disso uma hora depois do primeiro encontro, jantar para dois em um restaurante indiano na parte mais agradável da cidade.

Ela se despediu e agradeceu por uma refeição deliciosa, pensando que seria a última vez que o veria.

Mas Peter estava mais interessado nela do que ele pensava inicialmente.

Ele entrou em contato com ela dois dias depois com uma oferta de pagar por sexo.

Gina ficou surpresa a princípio, até ofendida.

Com seu bronzeado profundo, cabelos loiros tingidos e propensão a revelar roupas, ela sabia que causava uma certa impressão atraente.

Mas isso não a tornaria uma raposa, ou alguém que abriria as pernas ao primeiro sinal de problemas financeiros.

Ela certamente conheceu garotas que o fariam.

Mas Peter parecia ser um cara tão legal, e quanto mais Gina pensava em sua dívida, ela começou a se perguntar que mal havia em aceitar a oferta. Haveria um benefício mútuo.

Peter a possuiria e ela receberia o dinheiro que precisava desesperadamente.

Se ninguém se machuca, qual foi o problema?

Gina era ingênua, no entanto.

Ela nunca imaginou o quão viciante o sexo pago poderia ser, nem o quão miserável e barato isso a faria se sentir.

Para piorar as coisas, Peter não era o cavalheiro que ela pensara que ele fosse.

Logo se espalhou a notícia de que ela era boa em seus serviços e isso só poderia ter acontecido porque ele a espalhou diretamente.

Ofertas de todos os tipos, através do site de namoro em que ela conheceu Peter, encheram sua caixa de correio.

Ele não podia acreditar em quantos homens mais velhos estavam procurando mulheres mais jovens para fazer sexo e quantos estavam dispostos a pagar por isso.

Foi muito lucrativo para ela e ela logo aprendeu que poderia ganhar mais dinheiro se quisesse aumentar um pouco mais seus limites.

Os homens pagavam mais por coisas como anal, dominação, chuva de ouro e vários tipos de role-playing games.

Gina havia investido em uniformes de colegial, lingerie sexy e chicotes. Ela comeu tudo o que lhe foi sugerido, colocou todos os tipos de objetos dentro dela e até fingiu amamentar um homem de cinquenta anos usando uma fralda.

É claro que John, com seu dinheiro, desfrutara de todos os serviços disponíveis.

De prostitutas de alta classe a estrelas porno e até modelos de página três.

Era uma obsessão que beira o vício.

Parecia que todas as meninas jovens e bonitas estavam dispostas a vender seus atributos enquanto ainda os desejavam.

Foi trágico.

Portanto, não foi uma surpresa que, depois de saber de um amigo, John contatou Gina.

E hoje seria a quinta vez que eles estariam juntos.

Gina olhou o relógio e arrumou as roupas no espelho do corredor. Tudo terminará em um ano, menina, ela lembrou a si mesma.

'Você consegue.'
Então ele pegou suas chaves e saiu pela porta.

Capítulo II

Dez minutos depois, ele parou na Midesting Road.

Passava pouco das dez e meia e uma festa na piscina de uma das outras casas estava a todo vapor.

Ele atravessou os portões de ferro forjado da casa de John e estacionou o Fiat na estrada.

O luar brilhava no teto do Mercedes prateado de John quando ele ouviu o som de seus calcanhares rangendo através do cascalho e ele caminhou para o lado da casa.

John havia dito para ele entrar pela entrada dos fundos.

Hoje à noite eles vão jogar um role-playing game.

Ele estará deitado na cama e ela entrará, como um ladrão, e o surpreenderá.

John adorava misturar as coisas.

Ela nunca havia conhecido um homem tão sexualmente imaginativo.

Ele parou no meio da lateral da casa e olhou para cima e para baixo no beco.

Ela tinha certeza de que ninguém a veria lá, mas ela queria ter certeza, apenas por precaução.

Ela puxou a calcinha para baixo, deslizando-a pelos calcanhares, depois ajustou a saia.

Ela enfiou a calcinha na bolsa.

Renda vermelha, a favorita de John.

Então ela tropeçou nos calcanhares pelo caminho e abriu a porta do quintal.

Uma lixeira de metal tocou quando ele a chutou acidentalmente com a ponta do salto afiado.

'Estúpido!' Ela se repreendeu.

A luz da cozinha estava acesa e a porta do pátio estava aberta.

John deve ter deixado aberto para ela.

Gina afastou os cabelos, continuou sua caminhada sensual e entrou na casa.

Ele sentiu o cheiro de queimação quando entrou na cozinha e fechou a porta.

Provavelmente era um dos charutos que John gostava de fumar.

Ele era um gangster que fumava.

A casa estava silenciosa.

John deve estar esperando por ela na cama, como ele havia dito.

Gina atravessou a sala de jantar muito cuidadosamente mobilada, todos os móveis modernos e madeira em um tom vermelho escuro, e saiu para o corredor.

Ela olhou para a escada em espiral.

"John", ele disse ironicamente. "Você está pronto ou não?"

Seus calcanhares batiam nos degraus polidos enquanto ela subia as escadas.

Quando ele entrou no corredor, viu a porta do quarto de John aberta.

A luz estava acesa, mas ainda não fazia barulho.

Então ele ouviu um rangido.

'John?'

O desgraçado provavelmente estava sentado em seu trono no banheiro privativo.

Gina alisou os cabelos, abaixou o decote e entrou na sala.

Tudo parecia parar naquele momento.

O corpo inteiro de Gina congelou.

Deitado na cama, completamente nu e olhando para o teto, estava John, com uma poça de sangue encharcando os lençóis ao redor dele e sua garganta cortada.

Gina gritou.

Uma figura sombria saiu de trás da porta e a agarrou, passando um braço em volta do pescoço e colocando a mão sobre a boca.

"Não faça barulho ou eu também cortarei o seu", disse ele.

Gina sentiu a ponta afiada e fria de uma faca em volta do pescoço.

'Quem é?' ela gemeu.

"Alguém com quem você não gostaria de se meter"

O homem apertou seu pescoço com o antebraço musculoso.

'O que você está fazendo aqui?'

'Vim ver o John'.

'Para que? "

"Ele me pediu para fazer isso."

'Por quê?' o homem exigiu.

"Só para ver."

Ele esmagou a traquéia de Gina com o braço, fazendo-a engasgar.

'Por quê?' grito.

'Fazer sexo', Gina conseguiu balbuciar.

Ela começou a tossir quando o homem aliviou a pressão em volta do pescoço.

'Você é uma prostituta? ' ele disse.

'Não!'

'Então que?'

'Uma escolta'.

"É o mesmo", disse o homem.

Gina não disse nada, com muito medo de que o homem pudesse quebrar seu pescoço ou esfaqueá-la se ela o contradisse.

"Parece que temos um problema", disse ele.

Ele se virou para o corpo sem vida de John, segurando Gina firmemente entre o braço e o peito.

Gina sentiu que ficaria doente por ver tanto sangue.

"Agora você é testemunha de um assassinato."

Por favor, Gina implorou.

Não vou contar a ninguém. Apenas me deixe ir. '

Capítulo III

Uma risada sinistra veio do homem.

"Certamente você entende que não será tão fácil assim."

O medo passou pelo corpo de Gina.

Ela sentiu a urina quente começar a escorrer por dentro das pernas.

Ela não queria morrer esta noite.

O homem agarrou o braço dela com a mão enluvada de couro e a levou ao banheiro.

Ele fechou a porta atrás deles e virou-se para olhá-la.

Gina voltou para um canto quando viu o rosto dele.

Ela não esperava que fosse um dos rostos mais bonitos que já vira, mas era a cicatriz profunda escorrendo por um lado de sua bochecha que mais a surpreendeu.

E seu corpo parecia feito para matar, com ombros campeões de boxe e isso poderia quebrar um pescoço ao meio.

Ele era um monstro.

Ele a olhou de cima a baixo com duros olhos azuis.

"Quem sabe você está aqui?"

'Ninguém! Por favor, você pode me deixar ir e fugir. Garanto-lhe que não direi à polícia.

Ele se aproximou dela em um ritmo lento e predatório.

É tarde demais para isso. Você já viu meu rosto.

'Eu prometo que não vou contar. Por favor, nem você nem John me preocupam, eu só quero ir para casa. Eu não quero morrer. "Gina começou a chorar.

O homem colocou a mão enluvada no ombro nu e chegou ameaçadoramente perto do rosto dela.

Gina sentiu o ar quente do nariz roçar suas bochechas.

"Agora, agora, agora", ele ronronou. "Por que estragar esse lindo rosto?"

Ele passou um dedo longo pela bochecha manchada de lágrimas de Gina.

O corpo inteiro de Gina virou gelo quando sentiu o toque dele.

Havia algo extremamente conflitante sobre a atração que ela sentia pelo corpo desse homem e o medo que sentia de estar preso na parede por alguém que sabia que poderia matá-la facilmente.

Ele se aproximou e passou a língua áspera pelo rosto dela, fazendo-a sentir um arrepio percorrer sua pele.

Ela não esperava o que viria a seguir.

A mão enluvada do homem deslizou sob a saia dela, seus longos dedos sondando seus lábios expostos.

"Garota malcriada", disse ele em sua descoberta inesperada.

'Por favor ... oh'

O homem havia tirado a luva e um dedo longo e carnudo estava agora dentro dela.

Ele encontrou o clitóris de Gina suavemente e o massageou, criando um calor que começou a se espalhar dentro dela.

Ele passou a língua pelos contornos firmes do pescoço de Gina ao mesmo tempo.

Gina se virou e viu seu reflexo no espelho acima da pia.

E ele também viu essa fera alta e estranha afundando em seu pescoço como um vampiro, com a lâmina da faca na mão livre brilhando na luz de halogênio como um aviso.

Ela não se atreveu a se mexer por medo de que ele usasse sua ponta afiada contra ela.

O homem se afastou e correu o olhar sobre o corpo dela.

Havia uma profunda excitação neles, como se ele pudesse ver seu corpo nu através da roupa.

Ele tirou a bolsa do ombro dela e a jogou no chão, quando um tubo de batom e calcinha vermelha se derramou sobre os azulejos.

Ele agarrou um de seus seios através do colete apertado e apertou-o gentilmente, depois passou o dedo pelo mamilo enquanto ela endurecia.

Ela era massa de vidraceiro nas mãos dele.

"O que você vai fazer comigo?" Ela perguntou.

"Como estamos sozinhos e temos o lugar pronto apenas para nós, vou lhe dar o que aquele cara ali nunca te deu."

Oh Deus, Gina pensou. Isso não.

Sentindo seu medo, o homem sorriu.

'Não te preocupes. Depois de me experimentar em sua vagina, você ficará feliz por o outro estar morto.

O homem estava certo que eles estavam sozinhos.

Sem vizinhos por perto, qualquer pedido de ajuda produziria resultados mal sucedidos.

Se ... se ela concordasse, ela fizesse o que o homem disse, ela poderia sair de casa viva.

Com todas as outras probabilidades contra ela, que outra opção ela tinha além de jogar o melhor jogo de RPG da sua vida?

Então ele tomou uma decisão.

Ela estava indo para fazer o melhor desempenho de sua vida.

E se falhasse, ela tinha um plano de backup.

"Tire isso", o homem rosnou, acenando com a cabeça em direção ao colete.

Gina fez o que ele disse.

Quando o colete deslizou sobre a cabeça, ela sacudiu os cabelos e o encarou.

"Eu quero que você fique nua também", disse ele.

O homem soltou uma risada zombeteira.

Você não vai me dizer o que fazer. E eu não sou tão estúpido como você parece acreditar. Jogue no chão. Ele acenou com a cabeça em direção à saia de Gina.

Ela desabotoou a saia e largou-a pelas pernas, depois chutou-o com os calcanhares.

Ela estava lá na frente dele, de salto alto e sutiã, e com os lábios vaginais raspados expostos ao ar fresco do banheiro.

Ele ergueu os olhos azuis rodeados de rímel para o olhar penetrante de seu seqüestrador.

"Que doce e lindo", disse ele, respirando pelas narinas. 'Inversão de marcha.'

Gina se virou e olhou para a parede de azulejos.

Através do reflexo do espelho, ela viu o homem se inclinar e acariciar sua virilha enquanto ele estudava sua bunda.

O grande caroço que ele viu saindo de suas calças o deixou saber que estava bem dotado.

Ele a fez se inclinar para frente, agarrou seus quadris e trouxe sua virilha na direção dela.

O caroço duro e gordo pressionava agora contra a fenda de suas nádegas.

Sua mão nua tocou sua bunda e ele a empurrou para frente, a faca ainda firmemente presa na outra.

Gina o observou enquanto o colocava no balcão perto da pia e começou a desabotoar suas calças.

Ela olhou para a faca, lutando contra o desejo de agarrá-la.

Mas ela sabia que não podia ser tão estúpida; com seu tamanho, o homem dominaria seu corpinho de um metro e meio em segundos. Ainda assim, foi tentador ... muito tentador.

Sua calça preta caiu no chão, revelando um par de boxers, também pretos, sobre enormes coxas musculosas.

Sua ereção subiu até a barra, inchada e enorme.

Gina engoliu o suspiro que quase escapou de sua boca.

Como ele conseguiu entender tudo isso?

O grande galo estava esticado contra o tecido apertado de sua bermuda, ansioso para sair.

Quando o homem os puxou, a grande cabeça roxa caiu nas bochechas de Gina.

O membro grosso e muito veemente tinha pelo menos dez centímetros de comprimento.

O assassino era um Adonis sexual.

Ele agarrou seu quadril com a mão ainda enluvada e pegou seu pênis com o outro, guiando-a até os lábios vaginais de Gina.

Quando ela sentiu o pau quente e macio entre os lábios, Gina ofegou.

E quando ele empurrou para dentro, seus joelhos quase dobraram.

O pênis entrou em uma profundidade arrojada, pulsando de excitação dentro de sua vagina quente e molhada.

Chegou a uma área dentro de Gina que nunca havia sido penetrada antes, e seu clitóris traiçoeiro começou a bombear de excitação, a umidade se acumulando em seus lábios e paredes para acomodar esta emocionante chegada nova.

O homem começou a empurrar, seus quadris fortes foram capazes de forçar a dureza das paredes internas de Gina com uma velocidade extraordinária.

Pareceu incrível.

Ela agarrou a borda do balcão da pia enquanto ele continuava a penetrar seus lábios vaginais molhados, suas bolas batendo nela.

Ele tirou a outra luva e, com suas surpreendentemente grandes mãos macias, percorreu sua espinha e abriu o sutiã.

Ele caiu no chão de azulejos, liberando seus seios.

Agora ela estava apenas de salto quando o animal enorme a atingiu por trás.

Gina sentiu ele se afastar, sua boceta ficando um instante de alívio momentâneo.

Mas não demorou muito para que seu pênis estivesse dentro dela novamente, mas desta vez em direção a sua bunda.

O enorme pênis do assassino penetrou nas dobras apertadas do ânus de Gina, enviando uma dor aguda em sua direção que a atravessou.

Por um momento, ele pensou que não seria capaz de suportar a dor, músculos cerrados para ejetar esse objeto estranho, mas depois relaxaram quando a dor começou a se transformar em prazer.

Gina já havia recebido sexo anal antes, mas não de um falo tão grande quanto este.

O prazer que a dominava agora não era comparável a nada que ela já sentira antes.

Ela teve que se lembrar de onde estava.

Na casa de John, sendo fodida por um homem que acabara de matá-lo.

O cadáver de John, que já estava com um pouco de frio, jazia a alguns metros de distância na outra sala como uma horrível efígie de seu antigo eu.

Gina sabia que nunca seria capaz de apagar essa imagem de sua memória, não importa o quanto a tivesse desprezado.

E apagaria seu ódio por ele se ele pudesse voltar vivo e ajudá-la agora.

Mas há algo de estranho no que acontece quando você enfrenta uma ameaça de morte e Gina a vivenciou pela primeira vez neste banheiro em que estava agora em cativeiro.

Um instinto toma conta, tão primordial que você não se sente mais como um instinto animal.

E você sabe que fará qualquer coisa para sobreviver.

Capítulo IV

O homem bateu na bunda com estocadas furiosas, saliva saindo de sua boca, seu belo rosto avermelhado e excitado.

Os sons baixos e guturais que ele estava fazendo avisaram Gina que ela estava prestes a gozar.

Ela agarrou a borda do balcão com força.

As pontas de seus dedos ficaram brancas enquanto ele segurava.

'Droga', o homem gemeu.

'Vou correr'.

E ele fez, e um suspiro pesado saiu de sua boca, ele fechou os olhos e inclinou a cabeça para trás ...

E Gina aproveitou a oportunidade.

Ele largou o balcão e pegou a faca.

Com uma varredura brusca e vigorosa do braço, ele a mergulhou no pescoço do agressor.

Ela pulou e pressionou as costas contra a parede, os ladrilhos frios nas costas encharcadas de suor.

De olhos arregalados de medo e preocupação, Gina viu o homem em uma postura estática, engasgando quando seus grandes olhos a encararam.

A faca se projetava de seu pescoço grosso e brilhante e sangue vermelho escuro escorria pelo colarinho de seu casaco preto.

Seu pênis ainda estava ereto, uma trilha brilhante de esperma pendendo da ponta.

Seus olhos atordoados permaneceram presos nos de Gina quando sua boca se abriu e o sangue derramou sobre seu lábio inferior.

Ele conseguiu engolir a palavra 'cadela' antes de cair para trás e bater na porta.

Gina olhou para ele por um momento, seu peito subindo e descendo, antes de soltar uma risada louca. Seu plano funcionou.

Primeira vez. Ela o viu no espelho fechar os olhos enquanto ele ejaculava, por isso ficou encantada com o fato de ele ter facilitado o ataque.

Ela pegou suas roupas e rapidamente se vestiu, desta vez colocando a calcinha de volta.

Ela pegou a bolsa e chutou o atacante com a ponta afiada do calcanhar. Então ela cuspiu no rosto dele.

- Isso é por me chamar de cadela, seu filho da puta!

Ele empurrou o corpo para trás para poder abrir a porta.

A parte de trás do crânio atingiu o tapete com um baque quando ele abriu a porta.

Ela andou na ponta dos pés sobre o corpo ensopado de sangue e entrou no quarto.

Ela olhou para o corpo de John na cama.

Sangue no chão.

Sangue na cama.

Morte onde quer que olhasse.

Foi demais.

Gina saiu correndo da sala e desceu a escada em espiral o mais rápido que os calcanhares podiam carregá-la, com triângulos vermelhos manchando o chão enquanto ela passava.

No fim da escada, ela parou, enxugou as lágrimas e controlou os pensamentos.

Esse estilo de vida arruinou tudo para ela.

Ele a tornara infeliz e cínica com os homens.

Ele havia reorganizado seu moral.

E aquele bastardo gordo e morto era um dos piores com seus modos corruptos e fantasias sórdidas.

Ele era um modelo na sociedade, mas espalhou e infectou tudo o que tocou com seus modos corruptos.

Incluindo ela.

Isso fez dele algo que ela não era.

E agora ele a transformara em assassina.

Ela havia matado em legítima defesa e a merda que jazia em uma poça de seu próprio sangue merecia tudo o que havia acontecido com ela.

Mas ela sabia que nunca esqueceria.

Como ele a maltratou como se ela não passasse de uma prostituta suja, e como seu corpo a traiu ao responder com prazer ao toque de suas mãos sujas e assassinas.

Quantas vidas de outras jovens mulheres esses dois devem ter arruinado?

E quanto essas meninas ainda estavam sofrendo?

Não vou mais sofrer, pensou Gina.

Ele subiu as escadas correndo e entrou no quarto.

A visão dos dois cadáveres a fez vomitar, mas ela engoliu a náusea com um cotovelo e se aproximou da cama.

O rosto de John era uma máscara de horror, a boca negra e aberta como um peixe, os olhos congelados de terror.

Gina desviou o olhar e pegou o bracelete de ouro em torno de seu pulso atarracado.

Havia um medalhão fino e retangular que prendia a corrente.

Ela abriu e leu o número dentro: 47689.

Repetindo o número na cabeça como um mantra, ela fechou o medalhão e enfiou a mão na bolsa.

Ele pegou um lenço e limpou as impressões digitais do medalhão.

Ele deu a John um último olhar desdenhoso antes de se virar e correr escada abaixo.

Ela correu pelo corredor até chegar ao escritório de John e abrir a porta.

Ele examinou a sala até que seus olhos caíram no que ele havia buscado.

O cofre de John.

Ele se gabara de seu conteúdo em uma das visitas de Gina e ela exigira saber o que havia dentro.

"Jóias finas", ele dissera com um sorriso arrogante.

"Vale mais do que esta casa inteira."

Então ele bateu a corrente no pulso dela e levou o dedo aos lábios. "Shh".

Gina caminhou até o cofre na parede e discou a combinação.

O cofre clicou, indicando que poderia ser aberto.

Ela abriu a porta de aço e olhou para dentro.

No topo de uma pilha de envelopes marrons, havia uma caixa de jóias aveludada e vermelha.

Gina sentiu um nó no estômago.

Ela a abriu para encontrar o colar de diamantes mais incrível que já tinha visto, com suas pedras lindamente trabalhadas brilhando com efeito cinematográfico.

"Vale mais do que esta casa inteira", ela sussurrou para si mesma.

O suficiente para pagar todas as suas dívidas e muito mais.

Com o coração batendo dentro do peito, ela fechou a tampa e colocou a caixa de joias dentro da bolsa.

Então ela fechou o cofre e esfregou o lenço sobre os possíveis traços.

Ela correu para fora do escritório e seguiu pelo corredor até a porta da frente, verificando se seus saltos não deixavam nenhuma marca incriminadora em suas placas brilhantes.

Não é teu.

Ela abriu a porta da casa.

O ar fresco e macio atingiu suas bochechas quando ela entrou na noite e o fardo da presença na casa escorregou instantaneamente de seus ombros.

Por fim, livre, ela correu pela entrada de cascalho e pulou no carro, jogando a bolsa no banco do passageiro.

Ela deixou cair a cabeça no volante e soltou um grito profundo e gutural.

Exausta e exausta, ela enfiou a mão dentro da bolsa e pegou o telefone.

Ela discou 911.

"Polícia, por favor, acabei de matar um homem."

FIM